CUENTO
DE LUZ

A mi padre, quien me enseñó a mirar las estrellas.

- Irene Aparici -

A Carmen, mi hija, la estrellita que ilumina todo mi universo.
Y a M. M., por todo cuanto me has enseñado.

- Enrique Quevedo -

La danza del tiempo

© 2014 del texto: Irene Aparici
© 2014 de las ilustraciones: Enrique Quevedo
© 2014 Cuento de Luz SL
Calle Claveles, 10 | Urb. Monteclaro | Pozuelo de Alarcón | 28223 | Madrid | España
www.cuentodeluz.com

ISBN: 978-84-16078-04-2

Impreso en China por Shanghai Chenxi Printing Co., Ltd., febrero 2014, tirada número 1410-1

FSC
www.fsc.org
MIXTO
Papel procedente de
fuentes responsables
FSC® C007923

LA DANZA DEL TIEMPO

IRENE APARICI   ENRIQUE QUEVEDO

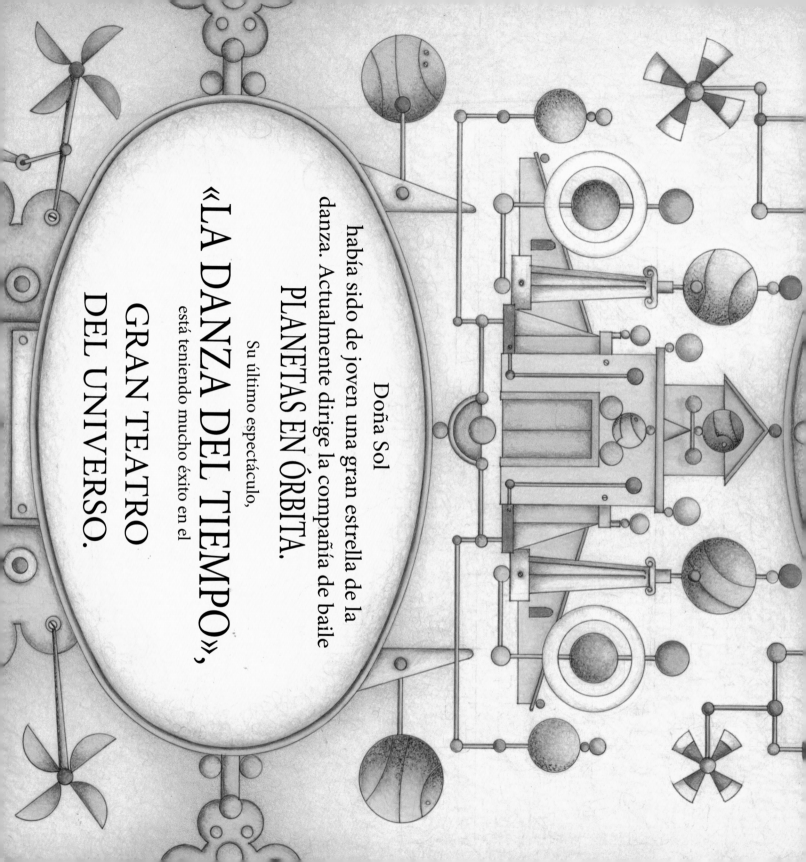

Doña Sol había sido de joven una gran estrella de la danza. Actualmente dirige la compañía de baile PLANETAS EN ÓRBITA.

Su último espectáculo,

«LA DANZA DEL TIEMPO»,

está teniendo mucho éxito en el

GRAN TEATRO DEL UNIVERSO.

Doña Sol, colocada
en el centro con un traje de
color naranja, da luz a toda la
escena mientras ocho bailarines
dan vueltas elípticas a su alrededor.

Es un baile armonioso y delicado.
Mientras se desplazan en torno a doña
Sol, los bailarines también giran sobre
sí mismos, cada uno a su ritmo.

—¡Chicos, recuerden que son dos
movimientos a la vez,
rotación y traslación!
—les dice doña Sol
en los ensayos.

Mercurio
era el dios protector
de los viajeros.
Gracias a sus sandalias
aladas era el más rápido
del firmamento y
llevaba los mensajes
de un dios a otro.

El más cercano a la directora es el pequeño **Mercurio**. Viste una armadura de hierro muy lisa, parece una canica de metal. Con sus sandalias aladas, recorre su elipse a velocidad de vértigo:

¡una vuelta al escenario en solo 88 días!

Venus era una diosa.
La más bella de todas,
representaba el amor; por eso el
planeta Venus es el preferido
de los poetas
y de los enamorados.

Un poco más lejos, la díscola y bella
Venus, a la que siempre le gusta llevar
la contraria, gira sobre
sí misma al revés que los demás.
Lo hace a cámara lenta y tarda ¡224 días!

¡Qué bonito es su vestido!

Casi casi blanco, refleja la luz de doña Sol
como si fuera un lucero.

Tierra,
también conocida
como Gea, era la
madre del universo,
el origen de todas las
cosas: las montañas, las aguas,
y también de Urano,
el dios del cielo.

Muy cerquita
está su hermana **Tierra**,
con su traje de mares,
bosques y desiertos.
Ella baila con más soltura
y gira rápido, una y otra vez.

¡Es capaz de dar 365 vueltas
de 24 horas cada una
para rodear a
doña Sol!

Marte la sigue de cerca al mismo ritmo.
Es el planeta rojo y por eso lleva puesto un vestido de ese color.
Es como la armadura de Mercurio, pero oxidada.

Marte
era el dios
de la guerra.
Dicen que
los romanos
le pusieron ese nombre por el color rojo,
que siempre ha representado la fuerza.

Más lejos bailan acompasados
Júpiter y Saturno, los gigantones
hermanos gaseosos. Son tan ligeros
que apenas tardan diez horas en
rotar sobre sí mismos.

El traje de Saturno es precioso,
un tutú de gasa alrededor de
sus caderas que causa
gran admiración.

Júpiter, como era el más grande de los planetas, tomó su nombre del dios de todos los dioses.

Saturno, tan misterioso con todos sus anillos alrededor, era el dios de los agricultores y de las cosechas.

Urano era el dios del cielo. Cuenta la leyenda que tuvo muchos hijos con Tierra.

Neptuno, por su color azul, representaba al rey de las aguas y los mares.

Urano y Neptuno son los más alejados de doña Sol. Los llaman «bolitas de hielo» porque son muy fríos y tienen muy poca gracia. Sus giros son de unas 17 horas: ni mucho, ni poco, ni todo lo contrario.

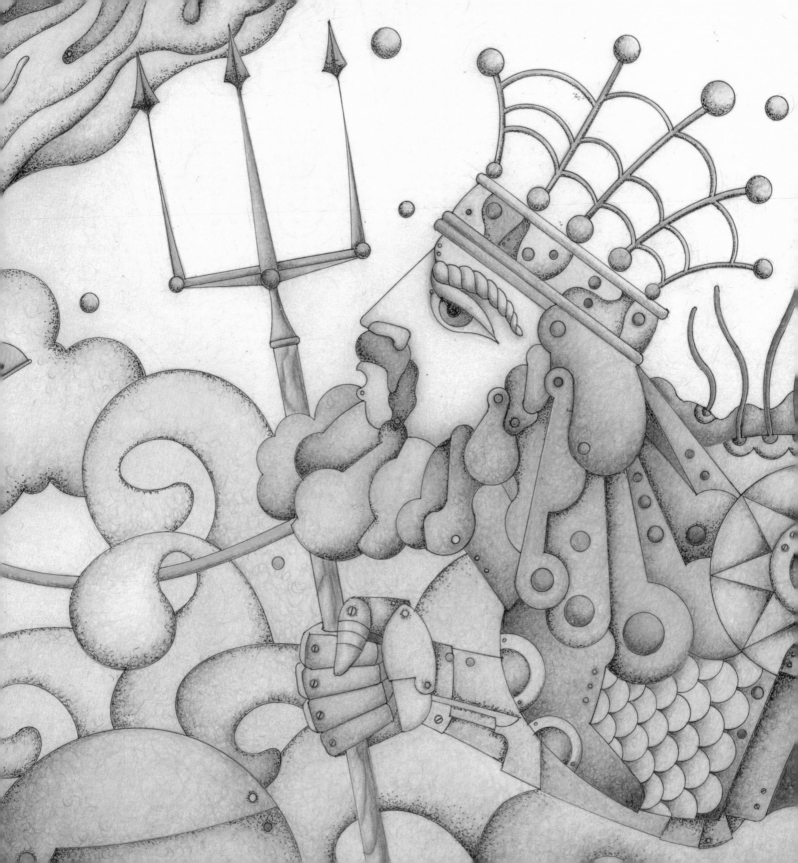

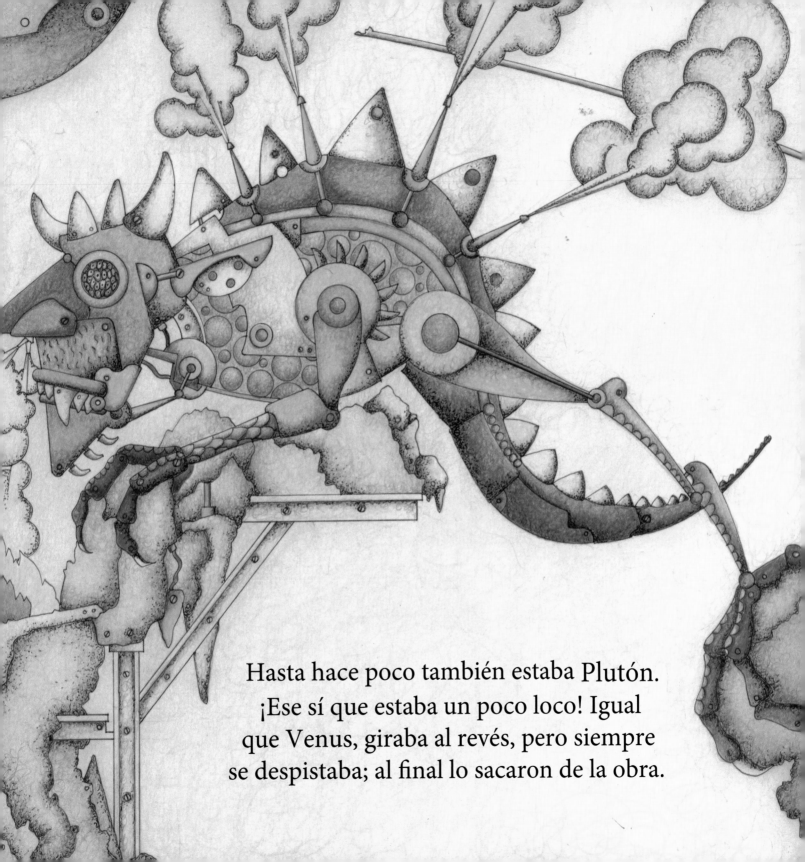

Hasta hace poco también estaba Plutón.
¡Ese sí que estaba un poco loco! Igual
que Venus, giraba al revés, pero siempre
se despistaba; al final lo sacaron de la obra.

Hoy empieza una nueva representación de la «Danza del tiempo». Es un acontecimiento celestial que se produce cada 165 años: lo que tarda Neptuno en girar alrededor de doña Sol.

Lo más sorprendente: el absoluto silencio del universo.

Elipse: La elipse es como una circunferencia, pero alargada.

Para dibujarla, pon dos clavos en un tablero, un lazo de cuerda alrededor de ellos y un lápiz en el lazo. Tensa la cuerda para que forme un triángulo, y sigue la línea...

¡HABRÁS DIBUJADO UNA ELIPSE!

Rotación: Imagínate esas bailarinas que se ponen de puntillas quietas en un punto y empiezan a dar vueltas sobre sí mismas, como si fueran una peonza. ¡Eso es rotación! Los planetas rotan en torno a un eje que va desde el polo norte hasta el polo sur. Vistos desde el Sol, casi todos giran de izquierda a derecha, levemente inclinados. Pero hay dos que son un poco extravagantes: Venus, que gira de derecha a izquierda, y Urano, cuyo eje de rotación está tan inclinado que durante 42 años desde el Sol solo se ve su polo sur y, durante otros 42 años, el polo norte.

Día: Es el tiempo que tarda un planeta en hacer un giro completo sobre sí mismo. El de la Tierra dura 23 horas, 56 minutos y 4 segundos aproximadamente. También existen los días marcianos, los días saturninos, etc.

Traslación: Significa desplazarse, moverse, y es lo que hacen los planetas alrededor del Sol, dibujando una elipse. Unas veces están más cerca del Sol y otras más alejados.

Año: Es el tiempo que tarda la Tierra en completar un giro alrededor del Sol, o sea, 365 días, 6 horas y 9 minutos. ¿Sabes cuánto dura un año neptuniano?